PARIS.

IMPRIMERIE ROYALE.

M DCCC XLII.

SPÉCIMEN

TYPOGRAPHIQUE

DE

L'IMPRIMERIE ROYALE

Exemplaire N° 50.

SPÉCIMEN

TYPOGRAPHIQUE

DE

L'IMPRIMERIE ROYALE

PARIS

IMPRIMERIE ROYALE

M DCCC XLII

TYPES FRANÇAIS

TYPES FRANÇAIS.

CARACTÈRES ROMAINS ET ITALIQUES.

QUATRE POINTS.

Avant l'invention de l'imprimerie, la plus grande partie des hommes étaient réduits à des traditions presque toujours confuses ou défigurées par des fables. Un petit nombre étaient assez riches pour se procurer des copies, faites avec beaucoup de peine et de temps, des ouvrages que les anciens nous avaient laissés ; ces copies elles-mêmes étaient rarement exactes ; recueillies seulement par quelques hommes studieux, leur étude n'avait presque aucune influence sur l'état de la société. L'invention de l'imprimerie, c'est-à-dire du moyen de multiplier à l'infini et à peu de frais des exemplaires corrects des ouvrages, fut donc pour le monde un de ces grands événements qui créent une ère nouvelle. La lumière allait succéder aux ténèbres, l'instruction à l'ignorance. Il est peu surprenant que, frappés de la grandeur de ses résultats, plusieurs pays se soient disputé la gloire de cette invention : la Hollande prétend la donner à un de ses citoyens, tandis que l'Allemagne la réclame pour un habitant de Strasbourg ou de Mayence. Le procédé est loin d'être jugé, et chacun des partisans émet ses prétentions ; mais ce n'est peut-être que faute de s'entendre. L'art d'imprimer, c'est-à-dire de transporter sur le papier, au moyen de l'encre, des caractères qui se trouvent tracés d'une manière quelconque sur une surface plane en bois, en cuivre ou en plomb, est tout autre chose que l'art de multiplier à l'infini des caractères au moyen de premiers types, d'assembler ces caractères en mots, en lignes, en pages, et, après s'en être servi comme d'une planche solide, de les désassembler afin de les réunir de nouveau pour en former d'autres mots, d'autres lignes et d'autres pages. Ce dernier art est plus spécialement la typographie. Soit qu'en effet le Hollandais Coster ait trouvé de lui-même, au commencement du quinzième siècle, le procédé de l'impression, ou qu'il ait été mis sur la voie de cet art par le récit de ce qui s'exécutait de semblable à la Chine, où l'impression de planches de bois gravées en relief a été pratiquée de temps immémorial, il paraît certain que les premiers essais dans ce genre nous sont venus de Harlem en Hollande. Mais ce n'était encore qu'un moyen d'une application difficile et sans étendue. Que de lenteur, en effet, et que de frais dans cette obligation de graver, une à une, chaque lettre en relief sur des morceaux de bois taillés en pages, qui ne pouvaient servir qu'à la reproduction d'un seul ouvrage ! Les hommes peuvent rester longtemps engourdis dans l'ignorance ou l'insouciance du savoir ; mais si une inspiration, le hasard ou une heureuse habileté vient frapper les esprits par quelque idée nouvelle, aussitôt le génie réveillé la féconde, la développe et l'élève par

degrés jusqu'à ses résultats les plus utiles. C'est ainsi que le simple remarque de l'élasticité de la vapeur a produit la pompe à feu, et celle-ci l'admirable mécanisme par lequel les machines les plus puissantes sont mises en activité. Gutenberg, ayant connu à Strasbourg le procédé pratiqué en Hollande pour imprimer, sentit aussitôt toute la perfection qu'il pouvait acquérir s'il était à son moyen facile de former les planches à son moyen de multiplier ...

GUTENBERG. FUST. SCHOEFFER. ALDE-MANUCE. HENRI ET ROBERT ESTIENNE.

HENRI ET ROBERT ESTIENNE. GARAMOND. LUCÉ. GRANDJEAN. ALEXANDRE. LUCE. DIDOT. MARCELLIN-LEGRAND.

1234567890   1234567890

Avant l'invention de l'imprimerie, la plus grande partie des hommes étaient réduits à des traditions presque toujours confuses ou défigurées par des fables. Un petit nombre étaient assez riches pour se procurer des copies, faites avec beaucoup de peine et de temps, des ouvrages que les anciens nous avaient laissés ; ces copies elles-mêmes étaient rarement exactes ; recueillies seulement par quelques hommes studieux, leur étude n'avait presque aucune influence sur l'état de la société. L'invention de l'imprimerie, c'est-à-dire de moyen de multiplier à l'infini et à peu de frais des exemplaires corrects de ces ouvrages, fut donc pour le monde un de ces grands événements qui créent une ère nouvelle. La lumière allait succéder aux ténèbres, l'instruction à l'ignorance. Il est peu surprenant que, frappés de la grandeur de ses résultats, plusieurs pays se soient disputé la gloire de cette invention : la Hollande prétend la donner à un de ses citoyens, tandis que l'Allemagne la réclame pour un habitant de Strasbourg ou de Mayence. Ce procédé est loin d'être jugé

GUTENBERG. FUST. SCHOEFFER. ALDE-MANUCE. HENRI ET ROBERT ESTIENNE. DIDOT. MARCELLIN-LEGRAND.

CINQ POINTS.

Avant l'invention de l'imprimerie, la plus grande partie des hommes étaient réduits à des traditions presque toujours confuses ou défigurées par des fables. Un petit nombre étaient assez riches pour se procurer des copies, faites avec beaucoup de peine et de temps, des ouvrages que les anciens nous avaient laissés ; ces copies elles-mêmes étaient rarement exactes ; recueillies seulement par quelques hommes studieux, leur étude n'avait presque aucune influence sur l'état de la société. L'invention de l'imprimerie, c'est-à-dire du moyen de multiplier à l'infini et à peu de frais des exemplaires corrects de ces ouvrages, fut donc pour le monde un de ces grands événements qui créent une ère nouvelle. La lumière allait succéder aux ténèbres, l'instruction à l'ignorance. Il est peu surprenant que, frappés de la grandeur de ses résultats, plusieurs pays se soient disputé la gloire de cette invention : la Hollande prétend la donner à un de ses citoyens, tandis que l'Allemagne la réclame pour un habitant de Strasbourg ou de Mayence. Ce procédé est loin d'être jugé, et chacun des partisans émet ses prétentions ; mais ce n'est peut-être que faute de s'entendre. L'art d'imprimer, c'est-à-dire de transporter sur le papier, au moyen de l'encre, des caractères qui se trouvent tracés d'une manière quelconque sur une surface plane en bois, en cuivre ou en plomb, est tout autre chose que l'art de multiplier à l'infini des caractères au moyen de premiers types, d'assembler ces caractères en mots, en lignes, en pages, et, après s'en être servi comme d'une planche solide, de les désassembler afin de les réunir de nouveau pour en former d'autres mots, d'autres lignes et d'autres pages. Ce dernier art est plus spécialement la typographie. Soit qu'en effet le Hollandais Coster ait trouvé de lui-même, au commencement du quinzième siècle, le procédé de l'impression, ou qu'il ait été mis sur la voie de cet art par le récit de ce qui s'exécutait de semblable à la Chine, où l'impression de planches de bois gravées en relief a été pratiquée de temps immémorial,

vels de cet art par le récit de ce qui s'exécutait de semblable à la Chine, où l'impression de planches de bois gravées en relief a été pratiquée de temps immémorial, il paraît certain que les premiers essais dans ce genre nous sont venus de Harlem en Hollande. Mais ce n'était encore qu'un moyen d'une application difficile et sans étendue. Que de lenteur, en effet, et que de frais dans cette obligation de graver une à une chaque lettre en relief sur l'état de ces morceaux de bois taillés en pages, qui ne pouvaient servir qu'à la reproduction d'un seul ouvrage ! Les hommes peuvent rester longtemps engourdis dans l'ignorance ou l'insouciance du savoir ; mais si une heureuse habileté vient frapper les esprits par quelque idée nouvelle, aussitôt le génie réveillé le féconde, le développe et l'élève par degrés jusqu'à ses résultats les plus utiles. C'est ainsi que le simple remarque de l'élasticité de la vapeur a produit la pompe à feu, et celle-ci l'admirable mécanisme par lequel les machines les plus puissantes sont mises en activité. Gutenberg, ayant connu à Strasbourg ...

GUTENBERG. FUST. SCHOEFFER. ALDE-MANUCE. HENRI ET ROBERT ESTIENNE.

HENRI ET ROBERT ESTIENNE. GARAMOND. LUCÉ. GRANDJEAN. ALEXANDRE. LUCE. DIDOT. MARCELLIN-LEGRAND.

1234567890   1234567890

Avant l'invention de l'imprimerie, la plus grande partie des hommes étaient réduits à des traditions presque toujours confuses ou défigurées par des fables. Un petit nombre étaient assez riches pour se procurer des copies, faites avec beaucoup de peine et de temps, des ouvrages que les anciens nous avaient laissés ; ces copies elles-mêmes étaient rarement exactes ; recueillies seulement par quelques hommes studieux, leur étude n'avait presque aucune influence sur l'état de la société. L'invention de l'imprimerie, c'est-à-dire du moyen de multiplier à l'infini et à peu de frais des exemplaires corrects de ses ouvrages, fut donc pour le monde un de ces grands événements qui

GUTENBERG. FUST. SCHOEFFER. ALDE-MANUCE. HENRI ET ROBERT ESTIENNE. DIDOT. MARCELLIN-LEGRAND.

CARACTÈRES ROMAINS ET ITALIQUES.

SIX POINTS.

Avant l'invention de l'imprimerie, la plus grande partie des hommes étaient réduits à des traditions presque toujours confuses ou défigurées par des fables. Un petit nombre étaient assez riches pour se procurer des copies, faites avec beaucoup de peine et de temps, des ouvrages que les anciens nous avaient laissés : ces copies elles-mêmes étaient rarement exactes; recueillies seulement par quelques hommes studieux, leur étude n'avait presque aucune influence sur l'état de la société. L'invention de l'imprimerie, c'est-à-dire du moyen de multiplier à l'infini et à peu de frais des exemplaires corrects de ces ouvrages, fut donc pour le monde un de ces grands événements qui créent une ère nouvelle. La lumière allait succéder aux ténèbres, l'instruction à l'ignorance. Il est peu surprenant que, frappés de la grandeur de ses résultats, plusieurs pays se soient disputé la gloire de cette invention : la Hollande prétend la donner à un de ses citoyens, tandis que l'Allemagne la réclame pour un habitant de Strasbourg ou de Mayence. Ce procès est loin d'être jugé, et chacune des parties a conservé ses prétentions; mais ce n'est peut-être que faute de s'entendre. L'art d'imprimer, c'est-à-dire de transporter sur le papier, au moyen de l'encre, des caractères qui se trouvent tracés d'une manière quelconque sur une surface plane, en bois, en cuivre ou en plomb, est tout autre chose que l'art de multiplier à l'infini des caractères au moyen de premiers types, d'assembler ces caractères en mots, en lignes, en pages, et, après s'en être servi comme d'une planche solide, de les désassembler afin de les réunir de nouveau pour en former d'autres mots, d'autres lignes et d'autres pages. Ce dernier art est plus spécialement la typographie. Soit qu'en effet le Hollandais Coster ait trouvé de lui-même, au commencement du xve siècle, le procédé de l'impression, ou qu'il ait été mis sur la voie de cet art par le récit de ce qui s'exécutait de semblable à la Chine, où l'impression de planches de bois gravées en relief a été pratiquée de temps immémorial, il paraît assez certain que les premiers essais dans ce genre nous sont venus de Harlem en Hollande. Mais ce n'était encore qu'un moyen d'une application difficile et sans étendue. Que de lenteur, en effet, et que du frais dans cette obligation de graver une à une chaque lettre en relief sur des morceaux de bois taillés en pages, qui ne pouvaient servir qu'à la reproduction d'un seul ouvrage! Les hommes peuvent rester longtemps engourdis dans l'ignorance ou l'insouciance du savoir; mais si une inspiration, le hasard ou une heureuse habileté vient frapper les esprits par quelque idée nouvelle, aussitôt le génie réveillé la féconde, la développe et l'élève par degrés jusqu'à ses résultats les plus utiles. C'est ainsi que la simple remarque de l'élasticité de la vapeur a produit la pompe à feu, et celle-ci l'admirable mécanisme par lequel les machines les plus puissantes sont mises en activité. Gutenberg, ayant connu à Strasbourg le procédé pratiqué en Hollande pour imprimer, sentit aussitôt toute la perfection qu'il pouvait acquérir s'il était réuni à un moyen facile de former les planches que l'impression avait la faculté de reproduire et de multiplier : c'était déjà presque l'avoir découvert que de l'avoir cru possible. Toutefois ses tentatives furent longtemps infructueuses; ce ne fut même qu'à Mayence, et en société avec Fust, qu'il fit un pas considérable dans l'art qu'il cherchait, en imaginant des caractères mobiles, d'abord gravés sur du bois, puis sur du cuivre ou du plomb. Mais ce n'était point à Gutenberg et à Fust seulement que la gloire d'inventer la typographie était réservée. Sans doute, avec leurs types mobiles, gravés l'un après l'autre en relief, ils étaient parvenus à reproduire successivement plusieurs textes; on comprend néanmoins combien de temps et de dépense cette opération multipliée sur un grand nombre de lettres devait nécessiter, et les obstacles qui en résultaient pour la prompte exécution des ouvrages et la régularité des impressions. Ces essais informes devinrent tout à coup un art admirable lorsque Gutenberg et Fust se furent associé Schœffer. C'est à ce dernier du moins qu'on attribue généralement l'invention des divers procédés qui forment l'art de la typographie, tel, à très-peu de chose près, qu'il est encore pratiqué aujourd'hui. Des types étaient gravés en relief sur du bois ou sur du plomb, peut-être même sur du cuivre ou de l'argent. On touchait au but sans pouvoir l'atteindre. Le génie de Schœffer pressentit qu'en exécutant cette même gravure sur de l'acier, il pourrait lui donner assez de résistance, au moyen de la trempe, pour tirer une empreinte en creux sur une matière solide capable de résister à l'action d'une chaleur prolongée. Il avait à choisir, parmi les métaux, entre le plomb, le cuivre et l'argent; mais le plomb était trop fusible et l'argent trop coûteux : il choisit le cuivre; et lorsque, après y avoir enfoncé, à l'aide du marteau, son poinçon d'acier, il reconnut qu'il en avait fait une empreinte parfaite en creux, il n'eut plus qu'à chercher les moyens d'y couler du plomb de manière à en faire ressortir un relief en tout semblable au poinçon dont il s'était servi. Disposer ce morceau de cuivre frappé avec le poinçon de manière que toutes les lettres fussent toujours entre elles à un juste intervalle, monter un moule propre à donner à chaque lettre une épaisseur convenable, et y placer la frappe du poinçon, combiner avec le plomb une matière qui le rendît plus dur et susceptible de résister à l'action de la presse; imaginer enfin toutes les opérations secondaires pour que les caractères soient parfaitement d'aplomb et de même hauteur à la surface de la lettre, ce n'était presque plus l'œuvre du génie, mais seulement celle de la patience courageuse soutenue par le secours de plusieurs arts. — Tous les écrivains français qui ont fait des recherches sur l'origine et les progrès de l'imprimerie s'accordent à rapporter son établissement en France vers 1466 ou 68. Ce fut, dit Chevillier, en 1469, sous Louis XI, que l'on imprima à Paris pour la première fois. Ulric Gering en fut le premier imprimeur : il était Allemand, de la ville de Constance, et vint à Paris avec deux associés, Martin Crantz et Michel Friburger, par les sollicitations de Guillaume Fischet et Jean de la Pierre, qui les reçurent dans la maison de Sorbonne, où on leur donna un lieu pour exercer leur art. Avant ce temps on n'avait encore rien imprimé dans aucune ville du royaume. Le premier livre qu'ils imprimèrent fut un recueil des lettres de Gasparini de Bergame. Ce livre sortit des presses de Sorbonne en 1469. Bientôt on vit paraître avec éclat les Estienne. Henri, premier du nom, imprima peu d'ouvrages; mais sa principale gloire est d'avoir formé ses enfants dans cette louable entreprise, par laquelle ils s'efforcèrent de porter l'art de l'imprimerie à sa perfection. Robert Ier travailla d'abord sous Simon de Colines, son beau-père; mais, ayant épousé depuis la fille de Badius Ascensius, il fit valoir l'imprimerie avec beaucoup plus de réputation que tous ceux qui l'avaient exercée avant lui, non-seulement par la netteté de ses caractères hébreux, grecs et romains, mais encore par son

GUTENBERG. FUST. SCHŒFFER.

HENRI ET ROBERT ESTIENNE. GARAMOND. IKBÉ. GRANDJEAN. ALEXANDRE. LUCE. DIDOT. MARCELLIN-LEGRAND.

1234567890   1234567890

Avant l'invention de l'imprimerie, la plus grande partie des hommes étaient réduits à des traditions presque toujours confuses ou défigurées par des fables. Un petit nombre étaient assez riches pour se procurer des copies, faites avec beaucoup de peine et de temps, des ouvrages que les anciens nous avaient laissés : ces copies elles-mêmes étaient rarement exactes; recueillies seulement par quelques hommes studieux, leur étude n'avait presque aucune influence sur l'état de la société. L'invention de l'imprimerie, c'est-à-dire du moyen de multiplier à l'infini et à peu de frais des exemplaires corrects de ces ouvrages, fut donc pour le monde un de ces grands événements qui créent une ère nouvelle. La lumière allait succéder aux ténèbres, l'instruction à l'ignorance. Il est peu surprenant que, frappés de la grandeur de ses résultats, plusieurs pays se soient disputé la gloire de cette invention : la Hollande prétend la donner à un de ses citoyens, tandis que l'Allemagne la réclame pour un habitant de Strasbourg ou de Mayence. Ce procès est loin d'être jugé, et chacune des parties a conservé ses prétentions; mais ce n'est peut-être que faute de s'entendre. L'art d'imprimer, c'est-à-dire de transporter sur le papier, au moyen de l'encre, des caractères qui se trouvent tracés d'une manière quelconque sur une surface plane en bois, en cuivre ou en

GUTENBERG. FUST. SCHŒFFER.

HENRI ET ROBERT ESTIENNE. GARAMOND. IKBÉ. GRANDJEAN. ALEXANDRE. LUCE. DIDOT. MARCELLIN-LEGRAND.

1234567890

CARACTÈRES ROMAINS ET ITALIQUES.

SEPT POINTS.

Avant l'invention de l'imprimerie, la plus grande partie des hommes étaient réduits à des traditions presque toujours confuses ou défigurées par des fables. Un petit nombre étaient assez riches pour se procurer des copies, faites avec beaucoup de peine et de temps, des ouvrages que les anciens nous avaient laissés : ces copies elles-mêmes étaient rarement exactes ; recueillies seulement par quelques hommes studieux, leur étude n'avait presque aucune influence sur l'état de la société. L'invention de l'imprimerie, c'est-à-dire du moyen de multiplier à l'infini et à peu de frais des exemplaires corrects de ces ouvrages, fut donc pour le monde un de ces grands événements qui créent une ère nouvelle. La lumière allait succéder aux ténèbres, l'instruction à l'ignorance. Il est peu surprenant que, frappé de la grandeur de ses résultats, plusieurs pays se soient disputé la gloire de cette invention : la Hollande prétend la donner à un de ses citoyens, tandis que l'Allemagne la réclame pour un habitant de Strasbourg ou de Mayence. Ce procès est loin d'être jugé, et chacune des parties a conservé ses prétentions ; mais ce n'est peut-être que faute de s'entendre. L'art d'imprimer, c'est-à-dire de transporter sur le papier, au moyen de l'encre, des caractères qui se trouvent tracés d'une manière quelconque sur une surface plane, en bois, en cuivre ou en plomb, est tout autre chose que l'art de multiplier à l'infini des caractères au moyen de premiers types, d'assembler ces caractères en mots, en lignes, en pages, et, après s'en être servi comme d'une planche solide, de les désassembler afin de les réunir de nouveau pour en former d'autres mots, d'autres lignes et d'autres pages. Ce dernier art est plus spécialement la typographie. Soit qu'en effet le Hollandais Coster ait trouvé de lui-même, au commencement du xve siècle, le procédé de l'impression, ou qu'il ait été mis sur la voie de cet art par le récit de ce qui s'exécutait de semblable à la Chine, où l'impression de planches de bois gravées en relief a été pratiquée de temps immémorial, il paraît assez certain que les premiers essais dans ce genre nous sont venus de Harlem en Hollande. Mais ce n'était encore qu'un moyen d'une application difficile et sans étendue. Que de lenteur, en effet, et que de frais dans cette obligation de graver une à une chaque lettre en relief sur des morceaux de bois taillés en pages, qui ne pouvaient servir qu'à la reproduction d'un seul ouvrage ! Les hommes peuvent rester longtemps engourdis dans l'ignorance ou l'insouciance du savoir ; mais si une inspiration, le hasard ou une heureuse habileté vient frapper les esprits par quelque idée nouvelle, aussitôt le génie réveillé la féconde, la développe et l'élève par degrés jusqu'à ses résultats les plus utiles. C'est ainsi que la simple remarque de l'élasticité de la vapeur a produit la pompe à feu, et celle-ci l'admirable mécanisme par lequel les machines les plus puissantes sont mises en activité. Gutenberg, ayant connu à Strasbourg le procédé pratiqué en Hollande pour imprimer, sentit aussitôt toute la perfection qu'il pouvait acquérir s'il était réuni à un moyen facile de former les planches que l'impression avait la faculté de reproduire et de multiplier : c'était déjà presque l'avoir découvert que de l'avoir cru possible. Toutefois ses tentatives furent longtemps infructueuses ; ce ne fut même qu'à Mayence, et en société avec Fust, qu'il fit un pas considérable dans l'art qu'il cherchait, en imaginant des caractères mobiles, d'abord gravés sur du bois, puis sur du cuivre ou du plomb. Mais ce n'était point à Gutenberg et à Fust seulement que la gloire d'inventer la typographie était réservée. Sans doute, avec leurs types mobiles gravés l'un après l'autre en relief, ils étaient parvenus à reproduire successivement plusieurs textes ; on comprend néanmoins combien de temps et de dépense cette opération multipliée sur un grand nombre de lettres devait nécessiter, et les obstacles qui en résultaient pour la prompte exécution des ouvrages et la régularité des impressions. Ces essais informes devinrent tout à coup un art admirable lorsque Gutenberg et Fust se furent associé Schœffer ; c'est à ce dernier du moins qu'on attribue généralement l'invention des divers procédés qui forment l'art de la typographie tel, à très-peu de chose près, qu'il est encore pratiqué aujourd'hui. Des types étaient gravés en relief sur du bois ou sur du plomb, peut-être même sur du cuivre ou de l'argent. On touchait au but sans pouvoir l'atteindre. Le génie de Schœffer pressentit qu'en exécutant cette même gravure sur de l'acier, il pourrait lui donner assez de résistance, au moyen de la trempe, pour tirer une empreinte en creux sur une matière solide capable de résister à l'action d'une chaleur prolongée. Il avait à choisir, parmi les métaux, entre le plomb, le cuivre et l'argent ; mais le plomb était trop fusible et l'argent trop coûteux : il choisit le cuivre, et lorsque, après y avoir enfoncé, à l'aide du marteau, son poinçon d'acier, il reconnut qu'il en avait fait une empreinte parfaite en creux, il n'eut plus qu'à chercher les moyens d'y couler du plomb de manière à en faire ressortir un relief en tout semblable au poinçon dont il s'était servi. Disposer ce morceau de cuivre frappé avec le poinçon de manière que toutes les lettres fussent toujours entre elles à un juste intervalle, monter un moule propre à donner à chaque lettre une épaisseur convenable, et y placer la frappe du poinçon, combiner avec le plomb une matière qui

GUTENBERG. FUST. SCHŒFFER.

HENRI ET ROBERT ESTIENNE. GARAMOND. LEBÉ. GRANDJEAN. ALEXANDRE. LUCE. DIDOT. MARCELLIN-LEGRAND.

1234567890 1234567890

Avant l'invention de l'imprimerie, la plus grande partie des hommes étaient réduits à des traditions presque toujours confuses ou défigurées par des fables. Un petit nombre étaient assez riches pour se procurer des copies, faites avec beaucoup de peine et de temps, des ouvrages que les anciens nous avaient laissés : ces copies elles-mêmes étaient rarement exactes ; recueillies par quelques hommes studieux, leur étude n'avait presque aucune influence sur l'état de la société. L'invention de l'imprimerie, c'est-à-dire du moyen de multiplier à l'infini et à peu de frais des exemplaires corrects de ces ouvrages, fut donc pour le monde un de ces grands événements qui créent une ère nouvelle. La lumière allait succéder aux ténèbres, l'instruction à l'ignorance. Il est peu surprenant que, frappé de la grandeur de ses résultats, plusieurs pays se soient disputé la gloire de cette invention : la Hollande prétend la donner à un de ses citoyens, tandis que l'Allemagne la réclame pour un habitant de Strasbourg ou de Mayence.

GUTENBERG. FUST. SCHŒFFER.

HENRI ET ROBERT ESTIENNE. GARAMOND. LEBÉ. GRANDJEAN. ALEXANDRE. LUCE. DIDOT. MARCELLIN-LEGRAND.

1234567890

CARACTÈRES ROMAINS ET ITALIQUES.

HUIT POINTS.

Avant l'invention de l'imprimerie, la plus grande partie des hommes étaient réduits à des traditions presque toujours confuses ou défigurées par des fables. Un petit nombre étaient assez riches pour se procurer des copies, faites avec beaucoup de peine et de temps, des ouvrages que les anciens nous avaient laissés : ces copies elles-mêmes étaient rarement exactes; recueillies seulement par quelques hommes studieux, leur étude n'avait presque aucune influence sur l'état de la société. L'invention de l'imprimerie, c'est-à-dire du moyen de multiplier à l'infini et à peu de frais des exemplaires corrects de ces ouvrages, fut donc pour le monde un de ces grands événements qui créent une ère nouvelle. La lumière allait succéder aux ténèbres, l'instruction à l'ignorance. Il est peu surprenant que, frappés de la grandeur de ses résultats, plusieurs pays se soient disputé la gloire de cette invention : la Hollande prétend la donner à un de ses citoyens, tandis que l'Allemagne la réclame pour un habitant de Strasbourg ou de Mayence. Ce procès est loin d'être jugé, et chacune des parties a conservé ses prétentions; mais ce n'est peut-être que faute de s'entendre. L'art d'imprimer, c'est-à-dire de transporter sur le papier, au moyen de l'encre, des caractères qui se trouvent tracés d'une manière quelconque sur une surface plane en bois, en cuivre ou en plomb, est tout autre chose que l'art de multiplier à l'infini des caractères au moyen de premiers types, d'assembler ces caractères en mots, en lignes, en pages, et, après s'en être servi comme d'une planche solide, de les désassembler afin de les réunir de nouveau pour en former d'autres mots, d'autres lignes et d'autres pages. Ce dernier art est plus spécialement la typographie. Soit qu'en effet le Hollandais Coster ait trouvé de lui-même, au commencement du xve siècle, le procédé de l'impression, ou qu'il ait été mis sur la voie de cet art par le récit de ce qui s'exécutait de semblable à la Chine, où l'impression de planches de bois gravées en relief a été pratiquée de temps immémorial, il paraît assez certain que les premiers essais dans ce genre nous sont venus de Harlem en Hollande. Mais ce n'était encore qu'un moyen d'une application difficile et sans étendue. Que de lenteur, en effet, et que de frais dans cette obligation de graver une à une chaque lettre en relief sur des morceaux de bois taillés en pages, qui ne pouvaient servir qu'à la reproduction d'un seul ouvrage ! Les hommes peuvent rester longtemps engourdis dans l'ignorance ou l'insouciance du savoir; mais si une inspiration, le hasard ou une heureuse habileté vient frapper les esprits par quelque idée nouvelle, aussitôt le génie réveillé la féconde, la développe et l'élève par degrés jusqu'à ses résultats les plus utiles. C'est ainsi que la simple remarque de l'élasticité de la vapeur a produit la pompe à feu, et celle-ci l'admirable mécanisme par lequel les machines les plus puissantes sont mises en activité. Gutenberg, ayant connu à Strasbourg le procédé pratiqué en Hollande pour imprimer, sentit aussitôt toute la perfection qu'il pouvait acquérir s'il était réuni à un moyen facile de former les planches que l'impression avait la faculté de reproduire et de multiplier : c'était déjà presque l'avoir découvert que de l'avoir cru possible. Toutefois ses tentatives furent longtemps infructueuses; ce ne fut même qu'à Mayence, et en société avec Fust, qu'il fit un pas considérable dans l'art qu'il cherchait, en imaginant des caractères mobiles, d'abord gravés sur du bois, puis sur du cuivre ou du plomb. Mais ce n'était point à Gutenberg et à Fust seulement que la gloire d'inventer la typographie était réservée. Sans doute, avec leurs types mobiles, gravés l'un après l'autre en relief, ils étaient parvenus à reproduire successivement plusieurs textes; on comprend néanmoins combien de temps et de dépense cette opération multipliée sur un grand nombre de lettres devait nécessiter, et les obstacles qui en résultaient pour la prompte exécution des ouvrages et la régularité des impressions. Ces essais informes devinrent tout à coup un art admirable lorsque Gutenberg et Fust furent associé Schœffer. C'est à ce dernier du moins qu'on attribue généralement l'invention des divers procédés

GUTENBERG. FUST. SCHŒFFER.

HENRI ET ROBERT ESTIENNE. GARAMOND. LEBÉ. GRANDJEAN. ALEXANDRE. LUCE. DIDOT. MARCELLIN-LEGRAND.

1234567890   1234567890

Avant l'invention de l'imprimerie, la plus grande partie des hommes étaient réduits à des traditions presque toujours confuses ou défigurées par des fables. Un petit nombre étaient assez riches pour se procurer des copies, faites avec beaucoup de peine et de temps, des ouvrages que les anciens nous avaient laissés : ces copies elles-mêmes étaient rarement exactes; recueillies seulement par quelques hommes studieux, leur étude n'avait presque aucune influence sur l'état de la société. L'invention de l'imprimerie, c'est-à-dire du moyen de multiplier à l'infini et à peu de frais des exemplaires corrects de ces ouvrages, fut donc pour le monde un de ces grands événements qui créent une ère nouvelle. La lumière allait succéder aux ténèbres, l'instruction à l'ignorance. Il est peu surprenant que, frappé

GUTENBERG. FUST. SCHŒFFER.

HENRI ET ROBERT ESTIENNE. GARAMOND. LEBÉ. GRANDJEAN. ALEXANDRE. LUCE. DIDOT. MARCELLIN-LEGRAND.

1234567890

CARACTÈRES ROMAINS ET ITALIQUES.

NEUF POINTS.

Avant l'invention de l'imprimerie, la plus grande partie des hommes étaient réduits à des traditions presque toujours confuses ou défigurées par des fables. Un petit nombre étaient assez riches pour se procurer des copies, faites avec beaucoup de peine et de temps, des ouvrages que les anciens nous avaient laissés : ces copies elles-mêmes étaient rarement exactes; recueillies seulement par quelques hommes studieux, leur étude n'avait presque aucune influence sur l'état de la société. L'invention de l'imprimerie, c'est-à-dire du moyen de multiplier à l'infini et à peu de frais des exemplaires corrects de ces ouvrages, fut donc pour le monde un de ces grands événements qui créent une ère nouvelle. La lumière allait succéder aux ténèbres, l'instruction à l'ignorance. Il est peu surprenant que, frappés de la grandeur de ses résultats, plusieurs pays se soient disputé la gloire de cette invention : la Hollande prétend la donner à un de ses citoyens, tandis que l'Allemagne la réclame pour un habitant de Strasbourg ou de Mayence. Ce procès est loin d'être jugé, et chacune des parties a conservé ses prétentions; mais ce n'est peut-être que faute de s'entendre. L'art d'imprimer, c'est-à-dire de transporter sur le papier, au moyen de l'encre, des caractères qui se trouvent tracés d'une manière quelconque sur une surface plane en bois, en cuivre ou en plomb, est tout autre chose que l'art de multiplier à l'infini des caractères au moyen de premiers types, d'assembler ces caractères en mots, en lignes, en pages, et, après s'en être servi comme d'une planche solide, de les désassembler afin de les réunir de nouveau pour en former d'autres mots, d'autres lignes et d'autres pages. Ce dernier art est plus spécialement la typographie. Soit qu'en effet le Hollandais Coster ait trouvé de lui-même, au commencement du xve siècle, le procédé de l'impression, ou qu'il ait été mis sur la voie de cet art par le récit de ce qui s'exécutait de semblable à la Chine, où l'impression de planches de bois gravées en relief a été pratiquée de temps immémorial, il paraît assez certain que les premiers essais dans ce genre nous sont venus de Harlem en Hollande. Mais ce n'était encore qu'un moyen d'une application difficile et sans étendue. Que de lenteur, en effet, et que de frais dans cette obligation de graver une à une chaque lettre en relief sur des morceaux de bois taillés en pages, qui ne pouvaient servir qu'à la reproduction d'un seul ouvrage! Les hommes peuvent rester longtemps engourdis dans l'ignorance ou l'insouciance du savoir; mais si une inspiration, le hasard ou une heureuse habileté vient frapper les esprits par quelque idée nouvelle, aussitôt le génie réveillé la féconde, la développe et l'élève par degrés jusqu'à ses résultats les plus utiles. C'est ainsi que la simple remarque de l'élasticité de la vapeur a produit la pompe à feu, et celle-ci l'admirable mécanisme par lequel les machines les plus puissantes sont mises en activité. Gutenberg, ayant connu à Strasbourg le procédé pratiqué en Hollande pour imprimer, sentit aussitôt toute la perfection qu'il pouvait acquérir s'il était réuni à un moyen facile de former les planches que l'impression avait la faculté de reproduire et de multiplier : c'était déjà presque l'avoir découvert que de l'avoir cru possible. Toutefois ses tentatives furent longtemps infructueuses; ce ne fut même qu'à Mayence, et en société avec Fust, qu'il fit un

GUTENBERG. FUST. SCHOEFFER.

HENRI ET ROBERT ESTIENNE. GARAMOND. LEBÉ. GRANDJEAN. ALEXANDRE. LUCE. DIDOT.

1234567890 1234567890

Avant l'invention de l'imprimerie, la plus grande partie des hommes étaient réduits à des traditions presque toujours confuses ou défigurées par des fables. Un petit nombre étaient assez riches pour se procurer des copies, faites avec beaucoup de peine et de temps, des ouvrages que les anciens nous avaient laissés : ces copies elles-mêmes étaient rarement exactes ; recueillies seulement par quelques hommes studieux, leur étude n'avait presque aucune influence sur l'état de la société. L'invention de l'imprimerie, c'est-à-dire du moyen de multiplier à l'infini et à peu de frais des exemplaires corrects de ces ouvrages, fut donc

GUTENBERG. FUST. SCHOEFFER.

HENRI ET ROBERT ESTIENNE. GARAMOND. LEBÉ. GRANDJEAN. ALEXANDRE. LUCE. DIDOT.

1234567890

CARACTÈRES ROMAINS ET ITALIQUES.

DIX POINTS.

Avant l'invention de l'imprimerie, la plus grande partie des hommes étaient réduits à des traditions presque toujours confuses ou défigurées par des fables. Un petit nombre étaient assez riches pour se procurer des copies, faites avec beaucoup de peine et de temps, des ouvrages que les anciens nous avaient laissés : ces copies elles-mêmes étaient rarement exactes; recueillies seulement par quelques hommes studieux, leur étude n'avait presque aucune influence sur l'état de la société. L'invention de l'imprimerie, c'est-à-dire du moyen de multiplier à l'infini et à peu de frais des exemplaires corrects de ces ouvrages, fut donc pour le monde un de ces grands événements qui créent une ère nouvelle. La lumière allait succéder aux ténèbres, l'instruction à l'ignorance. Il est peu surprenant que, frappés de la grandeur de ses résultats, plusieurs pays se soient disputé la gloire de cette invention : la Hollande prétend la donner à un de ses citoyens, tandis que l'Allemagne la réclame pour un habitant de Strasbourg ou de Mayence. Ce procès est loin d'être jugé, et chacune des parties a conservé ses prétentions; mais ce n'est peut-être que faute de s'entendre. L'art d'imprimer, c'est-à-dire de transporter sur le papier, au moyen de l'encre, des caractères qui se trouvent tracés d'une manière quelconque sur une surface plane, en bois, en cuivre ou en plomb, est tout autre chose que l'art de multiplier à l'infini des caractères au moyen de premiers types, d'assembler ces caractères en mots, en lignes, en pages, et, après s'en être servi comme d'une planche solide, de les désassembler afin de les réunir de nouveau pour en former d'autres mots, d'autres lignes et d'autres pages. Ce dernier art est plus spécialement la typographie. Soit qu'en effet le Hollandais Coster ait trouvé de lui-même, au commencement du xve siècle, le procédé de l'impression, ou qu'il ait été mis sur la voie de cet art par le récit de ce qui s'exécutait de semblable à la Chine, où l'impression de planches de bois gravées en relief a été pratiquée de temps immémorial, il paraît assez certain que les premiers essais dans ce genre nous sont venus de Harlem en Hollande. Mais ce n'était encore qu'un moyen d'une application difficile et sans étendue. Que de lenteur, en effet, et que de frais dans cette obligation de graver une à une chaque lettre en relief sur des morceaux de bois taillés en pages, qui ne pouvaient servir qu'à la reproduction d'un seul ouvrage! Les hommes peuvent rester

GUTENBERG. FUST. SCHŒFFER.

HENRI ET ROBERT ESTIENNE. GARAMOND. LEBÉ. GRANDJEAN. DIDOT. MARCELLIN-LEGRAND.

1234567890 1234567890

Avant l'invention de l'imprimerie, la plus grande partie des hommes étaient réduits à des traditions presque toujours confuses ou défigurées par des fables. Un petit nombre étaient assez riches pour se procurer des copies, faites avec beaucoup de peine et de temps, des ouvrages que les anciens nous avaient laissés : ces copies elles-mêmes étaient rarement exactes; recueillies seulement par quelques hommes studieux, leur étude n'avait presque aucune influence sur l'état de la société.

GUTENBERG. FUST. SCHŒFFER.

HENRI ET ROBERT ESTIENNE. GARAMOND. LEBÉ. GRANDJEAN. DIDOT. MARCELLIN-LEGRAND.

1234567890

CARACTÈRES ROMAINS ET ITALIQUES.

ONZE POINTS.

Avant l'invention de l'imprimerie, la plus grande partie des hommes étaient réduits à des traditions presque toujours confuses ou défigurées par des fables. Un petit nombre étaient assez riches pour se procurer des copies, faites avec beaucoup de peine et de temps, des ouvrages que les anciens nous avaient laissés : ces copies elles-mêmes étaient rarement exactes; recueillies seulement par quelques hommes studieux, leur étude n'avait presque aucune influence sur l'état de la société. L'invention de l'imprimerie, c'est-à-dire du moyen de multiplier à l'infini et à peu de frais des exemplaires corrects de ces ouvrages, fut donc pour le monde un de ces grands événements qui créent une ère nouvelle. La lumière allait succéder aux ténèbres, l'instruction à l'ignorance. Il est peu surprenant que, frappés de la grandeur de ses résultats, plusieurs pays se soient disputé la gloire de cette invention : la Hollande prétend la donner à un de ses citoyens, tandis que l'Allemagne la réclame pour un habitant de Strasbourg ou de Mayence. Ce procès est loin d'être jugé, et chacune des parties a conservé ses prétentions; mais ce n'est peut-être que faute de s'entendre. L'art d'imprimer, c'est-à-dire de transporter sur le papier, au moyen de l'encre, des caractères qui se trouvent tracés d'une manière quelconque sur une surface plane, en bois, en cuivre ou en plomb, est tout autre chose que l'art de multiplier à l'infini des caractères au moyen de premiers types, d'assembler ces caractères en mots, en lignes, en pages, et, après s'en être servi comme d'une planche solide, de les désassembler afin de les réunir de nouveau pour en former d'autres mots, d'autres lignes et d'autres pages. Ce dernier art est plus spécialement la typographie. Soit qu'en effet le Hollandais Coster ait trouvé de lui-même, au commencement du xvᵉ siècle, le procédé de l'impression, ou qu'il ait été mis sur la voie de cet art par le récit de ce qui s'exécutait de semblable à la Chine, où l'impression de planches de bois gravées en relief a été pratiquée de temps immémorial, il paraît assez certain que les premiers essais dans ce genre nous sont venus de Harlem en Hollande. Mais ce n'était encore qu'un moyen d'une application difficile et sans

GUTENBERG. FUST. SCHŒFFER.

HENRI ET ROBERT ESTIENNE. GARAMOND. LEBÉ. GRANDJEAN. DIDOT. MARCELLIN-LEGRAND.

1234567890 1234567890

Avant l'invention de l'imprimerie, la plus grande partie des hommes étaient réduits à des traditions presque toujours confuses ou défigurées par des fables. Un petit nombre étaient assez riches pour se procurer des copies, faites avec beaucoup de peine et de temps, des ouvrages que les anciens nous avaient laissés : ces copies elles-mêmes étaient rarement exactes; recueillies seulement par quelques hommes studieux, leur étude n'avait presque aucune influence sur l'état

GUTENBERG. FUST. SCHŒFFER.

HENRI ET ROBERT ESTIENNE. GARAMOND. LEBÉ. GRANDJEAN. DIDOT. MARCELLIN-LEGRAND.

1234567890

CARACTÈRES ROMAINS ET ITALIQUES.

DOUZE POINTS.

Avant l'invention de l'imprimerie, la plus grande partie des hommes étaient réduits à des traditions presque toujours confuses ou défigurées par des fables. Un petit nombre étaient assez riches pour se procurer des copies, faites avec beaucoup de peine et de temps, des ouvrages que les anciens nous avaient laissés : ces copies elles-mêmes étaient rarement exactes; recueillies seulement par quelques hommes studieux, leur étude n'avait presque aucune influence sur l'état de la société. L'invention de l'imprimerie, c'est-à-dire du moyen de multiplier à l'infini et à peu de frais des exemplaires corrects de ces ouvrages, fut donc pour le monde un de ces grands événements qui créent une ère nouvelle. La lumière allait succéder aux ténèbres, l'instruction à l'ignorance. Il est peu surprenant que, frappés de la grandeur de ses résultats, plusieurs pays se soient disputé la gloire de cette invention : la Hollande prétend la donner à un de ses citoyens, tandis que l'Allemagne la réclame pour un habitant de Strasbourg ou de Mayence. Ce procès est loin d'être jugé, et chacune des parties a conservé ses prétentions; mais ce n'est peut-être que faute de s'entendre. L'art d'imprimer, c'est-à-dire de transporter sur le papier, au moyen de l'encre, des caractères qui se trouvent tracés d'une manière quelconque sur une surface plane en bois, en cuivre, ou en plomb, est tout autre chose que l'art de multiplier à l'infini des caractères au moyen de premiers types, d'assembler ces caractères en mots, en lignes, en pages, et, après s'en être servi comme d'une planche solide, de les désassembler afin de les réunir de nouveau pour en former d'autres mots, d'autres lignes et d'autres pages. Ce dernier art est plus spécialement la typographie. Soit qu'en effet le Hollandais Coster ait trouvé de lui-même, au

GUTENBERG. FUST. SCHŒFFER.

HENRI ET ROBERT ESTIENNE. GARAMOND. LEBÉ. DIDOT. MARCELLIN-LEGRAND.

1234567890 1234567890

Avant l'invention de l'imprimerie, la plus grande partie des hommes étaient réduits à des traditions presque toujours confuses ou défigurées par des fables. Un petit nombre étaient assez riches pour se procurer des copies, faites avec beaucoup de peine et de temps, des ouvrages que les anciens nous avaient laissés : ces copies elles-mêmes étaient rarement exactes; recueillies seulement par quelques hommes studieux, leur

GUTENBERG. FUST. SCHŒFFER.

HENRI ET ROBERT ESTIENNE. GARAMOND. LEBÉ. DIDOT. MARCELLIN-LEGRAND.

1234567890

CARACTÈRES ROMAINS ET ITALIQUES.

TREIZE POINTS.

Avant l'invention de l'imprimerie, la plus grande partie des hommes étaient réduits à des traditions presque toujours confuses ou défigurées par des fables. Un petit nombre étaient assez riches pour se procurer des copies, faites avec beaucoup de peine et de temps, des ouvrages que les anciens nous avaient laissés : ces copies elles-mêmes étaient rarement exactes; recueillies seulement par quelques hommes studieux, leur étude n'avait presque aucune influence sur l'état de la société. L'invention de l'imprimerie, c'est-à-dire du moyen de multiplier à l'infini et à peu de frais des exemplaires corrects de ces ouvrages, fut donc pour le monde un de ces grands événements qui créent une ère nouvelle. La lumière allait succéder aux ténèbres, l'instruction à l'ignorance. Il est peu surprenant que, frappés de la grandeur de ses résultats, plusieurs pays se soient disputé la gloire de cette invention : la Hollande prétend la donner à un de ses citoyens, tandis que l'Allemagne la réclame pour un habitant de Strasbourg ou de Mayence. Ce procès est loin d'être jugé, et chacune des parties a conservé ses prétentions; mais ce n'est peut-être que faute de s'entendre. L'art d'imprimer, c'est-à-dire de transporter sur le papier, au moyen de l'encre, des caractères qui se trouvent tracés d'une manière quelconque sur une surface plane, en bois, en cuivre ou en plomb, est tout autre chose que l'art de multiplier à l'infini des caractères au moyen de premiers types, d'assembler ces caractères en mots, en lignes,

GUTENBERG. FUST. SCHŒFFER.

HENRI ET ROBERT ESTIENNE. GARAMOND. DIDOT. MARCELLIN-LEGRAND.

1234567890 1234567890

Avant l'invention de l'imprimerie, la plus grande partie des hommes étaient réduits à des traditions presque toujours confuses ou défigurées par des fables. Un petit nombre étaient assez riches pour se procurer des copies, faites avec beaucoup de peine et de temps, des ouvrages que les anciens nous avaient laissés :

GUTENBERG. FUST. SCHŒFFER.

HENRI ET ROBERT ESTIENNE. GARAMOND. DIDOT. MARCELLIN-LEGRAND.

1234567890

CARACTÈRES ROMAINS ET ITALIQUES.

QUATORZE POINTS.

Avant l'invention de l'imprimerie, la plus grande partie des hommes étaient réduits à des traditions presque toujours confuses ou défigurées par des fables. Un petit nombre étaient assez riches pour se procurer des copies, faites avec beaucoup de peine et de temps, des ouvrages que les anciens nous avaient laissés : ces copies elles-mêmes étaient rarement exactes ; recueillies seulement par quelques hommes studieux, leur étude n'avait presque aucune influence sur l'état de la société. L'invention de l'imprimerie, c'est-à-dire du moyen de multiplier à l'infini et à peu de frais des exemplaires corrects de ces ouvrages, fut donc pour le monde un de ces grands événements qui créent une ère nouvelle. La lumière allait succéder aux ténèbres, l'instruction à l'ignorance. Il est peu surprenant que, frappés de la grandeur de ses résultats, plusieurs pays se soient disputé la gloire de cette invention : la Hollande prétend la donner à un de ses citoyens, tandis que l'Allemagne la réclame pour un habitant de Strasbourg ou de Mayence. Ce procès est loin d'être jugé, et chacune des parties a conservé ses prétentions ; mais ce n'est peut-être que faute de s'entendre. L'art d'imprimer, c'est-à-dire de transporter sur le papier, au moyen de l'encre, des caractères qui se trouvent tracés d'une

GUTENBERG. FUST. SCHŒFFER.

HENRI ET ROBERT ESTIENNE. GARAMOND. LEBÉ. GRANDJEAN.

1234567890   1234567890

Avant l'invention de l'imprimerie, la plus grande partie des hommes étaient réduits à des traditions presque toujours confuses ou défigurées par des fables. Un petit nombre étaient assez riches pour se procurer des copies, faites avec beaucoup de peine et de temps, des ouvrages que les

GUTENBERG. FUST. SCHŒFFER.

HENRI ET ROBERT ESTIENNE. GARAMOND. LEBÉ. GRANDJEAN.

1234567890

SEIZE POINTS.

Avant l'invention de l'imprimerie, la plus grande partie des hommes étaient réduits à des traditions presque toujours confuses ou défigurées par des fables. Un petit nombre étaient assez riches pour se procurer des copies, faites avec beaucoup de peine et de temps, des ouvrages que les anciens nous avaient laissés : ces copies elles-mêmes étaient rarement exactes ; recueillies seulement par quelques hommes studieux, leur étude n'avait presque aucune influence sur l'état de la société. L'invention de l'imprimerie, c'est-à-dire du moyen de multiplier à l'infini et à peu de frais des exemplaires corrects de ces ouvrages, fut donc pour le monde un de ces grands événements qui créent une ère nouvelle. La lumière allait succéder aux ténèbres, l'instruction à l'ignorance. Il est peu surprenant que, frappés de la grandeur de ses résultats, plusieurs pays se soient disputé la gloire de cette invention : la Hollande pré-

GUTENBERG. FUST. SCHŒFFER.

HENRI ET ROBERT ESTIENNE. GARAMOND. LEBÉ. GRANDJEAN.

1234567890 1234567890

Avant l'invention de l'imprimerie, la plus grande partie des hommes étaient réduits à des traditions presque toujours confuses ou défigurées par des fables. Un petit nombre étaient assez riches pour se procurer des copies, faites avec beaucoup de peine et de

GUTENBERG. FUST. SCHŒFFER.

HENRI ET ROBERT ESTIENNE. GARAMOND. LEBÉ. GRANDJEAN.

1234567890

DIX-HUIT POINTS.

Avant l'invention de l'imprimerie, la plus grande partie des hommes étaient réduits à des traditions presque toujours confuses ou défigurées par des fables. Un petit nombre étaient assez riches pour se procurer des copies, faites avec beaucoup de peine et de temps, des ouvrages que les anciens nous avaient laissés : ces copies elles-mêmes étaient rarement exactes; recueillies seulement par quelques hommes studieux, leur étude n'avait presque aucune influence sur l'état de la société. L'invention de l'imprimerie, c'est-à-dire du moyen de multiplier à l'infini et à peu de frais des exemplaires corrects de ces ouvrages, fut donc pour le monde un de ces grands événements qui créent une ère nouvelle. La lumière allait succéder aux ténèbres,

GUTENBERG. FUST. SCHŒFFER.

HENRI ET ROBERT ESTIENNE. GARAMOND. LEBÉ. GRANDJEAN.

1234567890   1234567890

Avant l'invention de l'imprimerie, la plus grande partie des hommes étaient réduits à des traditions presque toujours confuses ou défigurées par des fables. Un petit nombre étaient assez riches pour se procurer des copies, faites avec beaucoup de peine et de

GUTENBERG. FUST. SCHŒFFER.

HENRI ET ROBERT ESTIENNE. GARAMOND. LEBÉ. GRANDJEAN.

1234567890

VINGT POINTS.

Avant l'invention de l'imprimerie, la plus grande
partie des hommes étaient réduits à des traditions
presque toujours confuses ou défigurées par des
fables. Un petit nombre étaient assez riches pour
se procurer des copies, faites avec beaucoup de
peine et de temps, des ouvrages que les anciens
nous avaient laissés : ces copies elles-mêmes étaient
rarement exactes; recueillies seulement par quelques hommes studieux, leur étude n'avait presque
aucune influence sur l'état de la société. L'invention
de l'imprimerie, c'est-à-dire du moyen de multiplier

GUTENBERG. SCHOEFFER.

HENRI ET ROBERT ESTIENNE. GARAMOND. LEBÉ.

1234567890 1234567890

*Avant l'invention de l'imprimerie, la plus grande partie
des hommes étaient réduits à des traditions presque toujours confuses ou défigurées par des fables. Un petit
nombre étaient assez riches pour se procurer des copies*

GUTENBERG. SCHOEFFER.

HENRI ET ROBERT ESTIENNE. GARAMOND. LEBÉ.

1234567890

VINGT-QUATRE POINTS.

Avant l'invention de l'imprimerie, la plus grande partie des hommes étaient réduits à des traditions presque toujours confuses ou défigurées par des fables. Un petit nombre étaient assez riches pour se procurer des copies, faites avec beaucoup de peine et de temps, des ouvrages que les anciens nous avaient laissés : ces copies elles-mêmes étaient rarement exactes; recueillies seulement par

GUTENBERG. SCHŒFFER.

HENRI ET ROBERT ESTIENNE. GARAMOND.

1234567890 1234567890

Avant l'invention de l'imprimerie, la plus grande partie des hommes étaient réduits à des traditions presque toujours confuses ou défigurées par des

GUTENBERG. SCHŒFFER.

HENRI ET ROBERT ESTIENNE. GARAMOND.

1234567890

VINGT-HUIT POINTS.

Avant l'invention de l'imprimerie, la plus grande partie des hommes étaient réduits à des traditions presque toujours confuses ou défigurées par des fables. Un petit nombre étaient assez riches pour se procurer des co-

GUTENBERG.

HENRI ET ROBERT ESTIENNE. DIDOT.

1234567890 1234567890

Avant l'invention de l'imprimerie, la plus grande partie des hommes étaient réduits à des traditions presque toujours

GUTENBERG.

HENRI ET ROBERT ESTIENNE. DIDOT.

1234567890

LETTRES INITIALES.

ONZE POINTS.

GUTENBERG

DOUZE POINTS.

GUTENBERG

TREIZE POINTS.

GUTENBERG

QUATORZE POINTS.

GUTENBERG

SEIZE POINTS.

GUTENBERG

DIX-HUIT POINTS.

GUTENBERG

VINGT POINTS.

GUTENBERG

VINGT-DEUX POINTS.

GUTENBERG

VINGT-QUATRE POINTS

GUTENBERG

VINGT-HUIT POINTS.

GUTENBERG

TRENTE-DEUX POINTS.

GUTENBERG

TRENTE-SIX POINTS.

GUTENBERG

QUARANTE POINTS

GUTENBERG

QUARANTE-QUATRE POINTS.

GUTENBERG

QUARANTE-HUIT POINTS.

GUTENBERG

LETTRES INITIALES.

CINQUANTE-SIX POINTS.

FUST

SOIXANTE-QUATRE POINTS.

FUST

SOIXANTE-SEIZE POINTS.

FUST

QUATRE-VINGT-SEIZE POINTS.

FUST

CENT DOUZE POINTS.

FUST

CARACTÈRES ROMAINS ET ITALIQUES

POUR AFFICHES.

SEIZE POINTS.

Avant l'invention de l'imprimerie, la plus grande partie des hommes étaient réduits à des traditions presque toujours confuses ou défigurées par des fables. Un petit nombre étaient assez riches pour se procurer des copies, faites avec beaucoup de peine et de temps, des ouvrages que les anciens nous avaient laissés : ces copies elles-mêmes étaient rarement exactes; recueillies seulement par quelques hommes studieux, leur étude n'avait presque aucune influence sur l'état de la société. L'invention de l'imprimerie, c'est-à-dire du moyen de multiplier à l'infini et à peu de frais des exemplaires corrects de ces ouvrages, fut

GUTENBERG. FUST. SCHŒFFER.

RENARD. JACQUEMIN. MOLÉ. DELAFOND. LÉGER. RAMÉ.

1234567890

Avant l'invention de l'imprimerie, la plus grande partie des hommes étaient réduits à des traditions presque toujours confuses ou défigurées par des fables. Un petit nombre étaient assez riches pour se procurer des copies, faites avec beaucoup de peine et de temps, des ouvrages que les anciens nous

GUTENBERG. FUST. SCHŒFFER.

RENARD. JACQUEMIN. MOLÉ. DELAFOND. LÉGER. RAMÉ.

1234567890

Avant l'invention de l'imprimerie, la plus grande partie des hommes étaient réduits à des traditions presque toujours confuses ou défigurées par des fables. Un petit nombre étaient assez riches pour se procurer des copies, faites avec beaucoup de peine et de temps, des ouvrages que les anciens nous avaient laissés : ces copies elles-mêmes étaient rarement exactes; recueillies seulement par quelques hommes studieux, leur étude n'avait presque aucune influence sur l'état de la société. L'invention de l'imprimerie, c'est-à-dire du moyen de multiplier à l'infini et à peu de frais

GUTENBERG. FUST. SCHŒFFER.

RENARD. MOLÉ. DELAFOND. BREVIÈRE. PORRET.

1234567890

Avant l'invention de l'imprimerie, la plus grande partie des hommes étaient réduits à des traditions presque toujours confuses ou défigurées par des fables. Un petit nombre étaient

GUTENBERG. FUST. SCHŒFFER.

1234567890

VINGT-HUIT POINTS.

Avant l'invention de l'imprimerie, la plus grande partie des hommes étaient réduits à des traditions presque toujours confuses ou défigurées par des fables. Un petit nombre étaient assez riches pour se procurer des copies, faites avec beaucoup de peine et de

GUTENBERG.

JACQUEMIN. MOLÉ. DELAFOND.

1234567890

Avant l'invention de l'imprimerie, la plus grande partie des hommes étaient réduits à

GUTENBERG.

QUARANTE POINTS.

Avant l'invention de l'imprimerie, la plus grande partie des hom-

GUTENBERG. FUST.

1234567890

*Avant l'invention de l'impri-
merie, la plus grande partie des*

GUTENBERG. FUST.

LETTRES INITIALES POUR AFFICHES.

GUTENBERG

GUTENBERG

GUTENBERG

GUTENBERG

PLANTIN
MANUCE

CINQUANTE-SIX POINTS.

FUST

DIDOT

QUATRE-VINGTS POINTS.

FUST

ALDE

LETTRES INITIALES.

CENT DOUZE POINTS.

DIDOT

FUST

CHIFFRES INITIAUX POUR AFFICHES.

QUARANTE-HUIT POINTS.

1234567890

SOIXANTE-QUATRE POINTS.

1234567890

QUATRE-VINGTS POINTS.

1234567890

CARACTÈRES D'ÉCRITURE

CARACTÈRES D'ÉCRITURE.

RONDES.

DIX POINTS.

Avant l'invention de l'imprimerie, la plus grande partie des hommes étaient réduits à des traditions presque toujours confuses ou défigurées par des fables. Un petit nombre étaient assez riches pour se procurer des copies, faites avec beaucoup de peine et de temps, des ouvrages que les anciens nous avaient laissés : ces copies elles-mêmes étaient rarement exactes ; recueillies seulement par quelques hommes studieux, leur étude n'avait presque aucune influence sur l'état de la société. L'invention de l'imprimerie, c'est-à-dire du moyen de multiplier à l'infini et à peu de frais des exemplaires corrects de ces ouvrages, fut donc pour le monde un de ces grands événements qui créent une ère nouvelle. La lumière allait succéder aux ténèbres, l'instruction à l'ignorance. Il est peu surprenant que, frappé de la grandeur de ses résultats, plusieurs pays se soient disputé la gloire de cette invention : la Hollande prétend la donner à un de ses citoyens, tandis que l'Allemagne la réclame pour un habitant de Strasbourg ou de Mayence. Ce procès est loin d'être jugé, et chacune des parties a conservé ses prétentions ; mais ce n'est peut-être que faute de s'entendre. L'art d'imprimer, c'est-à-dire de transporter sur le papier, au moyen de l'encre, des caractères qui se trouvent tracés d'une manière quelconque sur une surface plane, en bois, en cuivre ou en plomb, est tout autre chose que l'art de multiplier à l'infini des caractères au moyen de premiers types, d'assembler ces caractères en mots, en lignes, en pages, et, après s'en être servi comme d'une planche solide, de les désassembler afin de les réunir de nouveau pour en former d'autres mots, d'autres lignes et d'autres pages. Ce dernier art est plus spécialement la typographie. Soit qu'en effet le Hollandais Coster ait trouvé de lui-même, au commencement du 15e siècle, le procédé de l'impression, ou qu'il ait été mis sur la voie de cet art par le récit de ce qui s'exécutait de semblable à la Chine, où l'impression de planches de bois gravées en relief a été pratiquée de temps immémorial, il paraît assez certain que les premiers essais dans ce genre nous sont venus de Harlem ou Hollande. Mais ce n'était encore qu'un moyen d'une application difficile et sans étendue. Que de lenteur, en effet, et que de frais dans cette obligation de graver une à une chaque lettre en relief sur des morceaux de bois taillés en pages, qui ne pouvaient servir qu'à la reproduction d'un seul ouvrage ! Les hommes peuvent rester longtemps engourdis dans l'ignorance ou l'insouciance du savoir ; mais si une inspiration, le hasard ou une heureuse habileté vient frapper les esprits par quelque idée nouvelle, aussitôt le génie réveillé la féconde, la développe et l'élève par degrés jusqu'à ces résultats les plus utiles. C'est ainsi que la simple remarque de l'élasticité de la vapeur a produit la pompe à feu, et celle-ci l'admirable mécanisme par lequel les machines les plus puissantes sont mises en activité. Gutenberg, ayant connu à Strasbourg le procédé pratiqué en Hollande pour imprimer, sentit aussitôt toute la perfection qu'il pourrait acquérir s'il était réuni à un moyen facile de former les planches que l'impression avait la faculté de reproduire et de multiplier : c'était déjà presque l'avoir découvert que de l'avoir cru possible. Toutefois ses tentatives furent longtemps infructueuses ; ce ne fut même qu'à Mayence et en société avec Fust, qu'il fit un pas considérable dans l'art qu'il cherchait, en imaginant des caractères mobiles, d'abord gravés sur du bois, puis sur du cuivre ou du plomb. Mais ce n'était point à Gutenberg et à Fust seulement que la gloire d'inventer la typographie était réservée. Sans doute, avec leurs types mobiles, gravés l'un après l'autre en relief, ils étaient parvenus à reproduire successivement plusieurs textes ; on comprend néanmoins combien de temps et de dépense cette opération multipliée sur un grand nombre de lettres devait nécessiter, et les obstacles qui en résultaient pour la prompte exécution des ouvrages et la régularité des impressions. Ces essais informes devinrent tout à coup un art admirable, lorsque Gutenberg et Fust se furent associé Schoeffer. C'est à ce dernier du moins qu'on attribue généralement l'invention des divers procédés qui forment l'art de la typographie, tel, à très-peu de chose près, qu'il est encore pratiqué aujourd'hui. Ces types étaient gravés en relief sur du bois ou sur du plomb, peut-être même sur du cuivre ou de l'argent. On touchait au but sans pouvoir l'atteindre. Le génie de Schoeffer pressentit qu'en exécutant cette même gravure sur de l'acier, il pourrait lui donner assez de résistance, au moyen de la trempe, pour tirer une empreinte en creux sur une matière solide capable

1234567890

CARACTÈRES D'ÉCRITURE.

QUATORZE POINTS.

Avant l'invention de l'imprimerie, la plus grande partie des hommes étaient réduits à des traditions presque toujours confuses ou défigurées par des fables. Un petit nombre étaient assez riches pour se procurer des copies, faites avec beaucoup de peine et de temps, des ouvrages que les anciens nous avaient laissés : ces copies elles-mêmes étaient rarement exactes, recueillies seulement par quelques hommes studieux, leur étude n'avait presque aucune influence sur l'état de la société. L'invention de l'imprimerie, c'est-à-dire du moyen de multiplier à l'infini et à peu de frais des exemplaires corrects de ces ouvrages, fut donc pour le monde un de ces grands événements qui créent une ère nouvelle. La lumière allait succéder aux ténèbres, l'instruction à l'ignorance. Il est peu surprenant que, frappés de la grandeur de ses résultats, plusieurs pays se soient disputé la gloire de cette invention : la Hollande prétend la donner à un de ses citoyens, tandis que l'Allemagne la réclame pour un habitant de Strasbourg ou de Mayence. Ce procès est loin d'être jugé, et chacune des parties a conservé ses prétentions ; mais ce n'est peut-être que faute de s'entendre. L'art d'imprimer, c'est-à-dire de transporter sur le papier, au moyen de l'encre, des caractères qui se trouvent tracés d'une manière quelconque sur une surface plane en bois, en cuivre ou en plomb, est tout autre chose que l'art de multiplier à l'infini des caractères au moyen de premiers types, d'assembler ces caractères en mots, en lignes, en pages, et, après s'en être servi comme d'une planche solide, de les désassembler afin de les réunir de nouveau pour en former d'autres mots, d'autres lignes et d'autres pages. Ce dernier

art est plus spécialement la typographie. Soit qu'en effet le Hollandais Coster ait trouvé de lui-même, au commencement du 15ᵉ siècle, le procédé de l'impression, ou qu'il ait été mis sur la voie de cet art par le récit de ce qui s'exécutait de semblable à la Chine, où l'impression de planches de bois gravées en relief a été pratiquée de temps immémorial, il paraît assez certain que les premiers essais dans ce genre nous sont venus de Harlem en Hollande. Mais ce n'était encore qu'un moyen d'une application difficile et sans étendue. Que de lenteur, en effet, et que de frais dans cette obligation de graver une à une chaque lettre en relief sur des morceaux de bois taillés en pages, qui ne pouvaient servir qu'à la reproduction d'un seul ouvrage ! Les hommes peuvent rester longtemps engourdis dans l'ignorance ou l'insouciance du savoir ; mais si une inspiration, le hasard ou une heureuse habileté vient frapper les esprits par quelque idée nouvelle, aussitôt le génie réveillé la féconde, la développe et l'élève par degrés jusqu'à ses résultats les plus utiles. C'est ainsi que la simple remarque de l'élasticité de la vapeur a produit la pompe à feu, et celle-ci l'admirable mécanisme par lequel les machines les plus puissantes sont mises en activité. Gutenberg, ayant connu à Strasbourg le procédé pratiqué en Hollande pour imprimer, sentit aussitôt toute la perfection qu'il pourrait acquérir s'il était réuni à un moyen facile de former les planches que l'impression avait la faculté de reproduire et de multiplier : c'était déjà presque l'avoir découvert que de l'avoir cru possible. Toutefois ses tentatives furent longtemps infructueuses ; ce ne fut même qu'à Mayence, et en société avec Fust,

1 2 3 4 5 6 7 8 9 0

CARACTÈRES D'ÉCRITURE.

SEIZE POINTS.

Avant l'invention de l'imprimerie, la plus grande partie des hommes étaient réduits à des traditions presque toujours confuses ou défigurées par des fables. Un petit nombre étaient assez riches pour se procurer des copies, faites avec beaucoup de peine et de temps, des ouvrages que les anciens nous avaient laissés : ces copies elles-mêmes étaient rarement exactes; recueillies seulement par quelques hommes studieux, leur étude n'avait presque aucune influence sur l'état de la société. L'invention de l'imprimerie, c'est-à-dire du moyen de multiplier à l'infini et à peu de frais des exemplaires corrects de ces ouvrages, fut donc pour le monde un de ces grands événements qui créent une ère nouvelle. La lumière allait succéder aux ténèbres, l'instruction à l'ignorance. Il est peu surprenant que, frappés de la grandeur de ses résultats, plusieurs pays se soient disputé la gloire de cette invention : la Hollande prétend la donner à un de ses citoyens, tandis que l'Allemagne la réclame pour un habitant de Strasbourg ou de Mayence. Ce procès est loin d'être jugé, et chacune des parties a conservé ses prétentions; mais ce n'est peut-être que faute de s'entendre. L'art d'imprimer, c'est-à-dire de transporter sur le papier, au moyen de l'encre, des caractères qui se trouvent tracés d'une manière quelconque sur une surface plane en bois, en cuivre ou en plomb, est tout autre chose que l'art de multiplier à l'infini des caractères au moyen de premiers types, d'assembler ces caractères en mots, en lignes, en pages, et, après s'en être servi comme d'une planche solide, de les désassembler afin de les réunir de nouveau pour en former d'autres mots, d'autres lignes et d'autres pages. Ce dernier art est plus spécialement la typographie. Soit qu'en effet le Hollandais Coster ait trouvé de lui-même, au commencement du 15ᵉ siècle, le procédé de l'impression, ou qu'il ait été mis sur la voie de cet art par le récit de ce qui s'exécutait de semblable à la Chine, où l'impression de planches de bois gravées en relief a été pratiquée de temps immémorial, il paraît assez certain que les premiers essais

1 2 3 4 5 6 7 8 9 0

CARACTÈRES D'ÉCRITURE.

VINGT POINTS.

Avant l'invention de l'imprimerie, la plus grande partie des hommes étaient réduits à des traditions presque toujours confuses ou défigurées par des fables. Un petit nombre étaient assez riches pour se procurer des copies, faites avec beaucoup de peine et de temps, des ouvrages que les anciens nous avaient laissés : ces copies elles-mêmes étaient rarement exactes ; recueillies seulement par quelques hommes studieux, leur étude n'avait presque aucune influence sur l'état de la société. L'invention de l'imprimerie, c'est-à-dire du moyen de multiplier à l'infini et à peu de frais des exemplaires corrects de ces ouvrages, fut donc pour le monde un de ces grands événements qui créent une ère nouvelle. La lumière allait succéder aux ténèbres, l'instruction à l'ignorance. Il est peu surprenant que, frappés de la grandeur de ses résultats, plusieurs pays se soient disputé la gloire de cette invention : la Hollande prétend la donner à un de ses citoyens, tandis que l'Allemagne la réclame pour un habitant de Strasbourg ou de Mayence. Ce procès est loin d'être jugé, et chacune des parties a conservé ses prétentions ; mais ce n'est peut-être que faute de s'entendre. L'art d'imprimer, c'est-à-dire de transporter sur le papier, au moyen de l'encre, des caractères qui se trouvent tracés d'une manière quelconque sur une surface plane en bois, en cuivre ou en plomb, est tout autre chose que l'art de multiplier à l'infini des caractères au moyen de premiers types, d'assembler ces caractères en mots, en lignes, en pages, et, après s'en être servi comme d'une planche solide, de les désassembler afin de les réunir

1 2 3 4 5 6 7 8 9 0

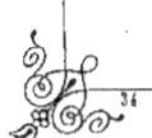

VINGT-HUIT POINTS.

Avant l'invention de l'imprimerie, la plus grande partie des hommes étaient réduits à des traditions presque toujours confuses ou défigurées par des fables. On petit nombre étaient assez riches pour se procurer des copies, faites avec beaucoup de peine et de temps, des ouvrages que les anciens nous avaient laissés : ces copies elles-mêmes étaient rarement exactes; recueillies seulement par quelques hommes studieux, leur étude n'avait presque aucune influence sur l'état de la société. L'invention de l'imprimerie, c'est-à-dire du moyen de multiplier à l'infini et à peu de frais des exemplaires corrects de ces ouvrages, fut donc pour le monde un de ces grands événements qui créent une ère nouvelle. La lumière allait succéder aux ténèbres, l'instruction à l'ignorance. Il est peu surprenant que, frappés de la grandeur de ses résultats, plusieurs pays

1 2 3 4 5 6 7 8 9 0

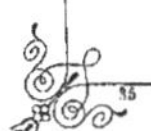

TRENTE-SIX POINTS.

Avant l'invention de l'imprimerie, la plus grande partie des hommes étaient réduits à des traditions presque toujours confuses ou défigurées par des fables. Un petit nombre étaient assez riches pour se procurer des copies, faites avec beaucoup de peine et de temps, des ouvrages que les anciens nous avaient laissés : ces copies elles-mêmes étaient rarement exactes; recueillies seulement par quelques hommes studieux, leur étude n'avait presque aucune influence sur l'état de la société.

1 2 3 4 5 6 7 8 9 0

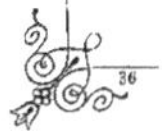

CINQUANTE-SIX POINTS.

Papillon. Godard.

SOIXANTE-QUATRE POINTS.

Gatteau. Thoumpson.

QUATRE-VINGT-QUATRE POINTS.

Didot. Molé.

CENT DOUZE POINTS.

Andrieux.

CARACTÈRES D'ÉCRITURE.

ANGLAISE.

QUATORZE POINTS.

Avant l'invention de l'imprimerie, la plus grande partie des hommes étaient réduits à des traditions presque toujours confuses ou défigurées par des fables. Un petit nombre étaient assez riches pour se procurer des copies, faites avec beaucoup de peine et de temps, des ouvrages que les anciens nous avaient laissés : ces copies elles-mêmes étaient rarement exactes; recueillies seulement par quelques hommes studieux, leur étude n'avait presque aucune influence sur l'état de la société. L'invention de l'imprimerie, c'est-à-dire du moyen de multiplier à l'infini et à peu de frais des exemplaires corrects de ces ouvrages, fut donc pour le monde un de ces grands événements qui créent une ère nouvelle. La lumière allait succéder aux ténèbres, l'instruction à l'ignorance. Il est peu surprenant que, frappés de la grandeur de ses résultats, plusieurs pays se soient disputé la gloire de cette invention : la Hollande prétend la donner à un de ses citoyens, tandis que l'Allemagne la réclame pour un habitant de Strasbourg ou de Mayence. Ce procès est loin d'être jugé, et chacune des parties a conservé ses prétentions; mais ce n'est peut-être que faute de s'entendre. L'art d'imprimer, c'est-à-dire de transporter sur le papier, au moyen de l'encre, des caractères qui se trouvent tracés d'une manière quelconque sur une surface plane, en bois, en cuivre ou en plomb, est tout autre chose que l'art de multiplier à l'infini des caractères au moyen de premiers types, d'assembler ces caractères en mots, en lignes, en pages, et, après s'en être servi comme d'une planche solide, de les désassembler afin de les réunir de nouveau pour en former d'autres mots, d'autres lignes et d'autres pages. Ce dernier art est plus spécialement la typographie. Soit qu'en effet le Hollandais Coster ait trouvé de lui-même, au commencement du 15ᵉ siècle, le procédé de l'impression, ou qu'il ait été mis sur la voie de cet art par le récit de ce qui s'exécutait de semblable à la Chine, où l'impression de planches de bois gravées en relief a été pratiquée de temps immémorial, il paraît assez certain que les premiers essais dans ce genre nous sont venus de Harlem en Hollande. Mais ce n'était encore qu'un moyen d'une application difficile et sans étendue. Que de lenteur, en effet, et que de frais dans cette obligation de graver une à une chaque lettre en relief sur des morceaux de bois taillés en pages, qui

1 2 3 4 5 6 7 8 9 0

CARACTÈRES D'ÉCRITURE.

Avant l'invention de l'imprimerie, la plus grande partie des hommes étaient réduits à des traditions presque toujours confuses ou défigurées par des fables. Un petit nombre étaient assez riches pour se procurer des copies, faites avec beaucoup de peine et de temps, des ouvrages que les anciens nous avaient laissés : ces copies elles-mêmes étaient rarement exactes ; recueillies seulement par quelques hommes studieux, leur étude n'avait presque aucune influence sur l'état de la société. L'invention de l'imprimerie, c'est-à-dire du moyen de multiplier à l'infini et à peu de frais des exemplaires corrects de ces ouvrages, fut donc pour le monde un de ces grands événements qui créent une ère nouvelle. La lumière allait succéder aux ténèbres, l'instruction à l'ignorance. Il est peu surprenant que, frappés de la grandeur de ses résultats, plusieurs pays se soient disputé la gloire de cette invention : la Hollande prétend la donner à un de ses citoyens, tandis que l'Allemagne la réclame pour un habitant de Strasbourg ou de Mayence. Ce procès est loin d'être jugé, et chacune des parties a conservé ses prétentions ; mais ce n'est peut-être que faute de s'entendre. L'art d'imprimer, c'est-à-dire de transporter sur le papier, au moyen de l'encre, des caractères qui se trouvent tracés d'une manière quelconque sur une surface plane, en bois, en cuivre ou en plomb, est tout autre chose que l'art de multiplier à l'infini des caractères au moyen de premiers types, d'assembler ces caractères en mots, en lignes, en pages, et, après s'en être servi comme d'une planche solide, de les désassembler afin de les réunir de nouveau pour en former d'autres mots, d'autres lignes et d'autres pages. Ce dernier art est plus spécialement la typographie. Soit qu'en effet le Hollandais Coster ait trouvé de lui-même, au commencement du 15° siècle, le procédé de l'impression, ou qu'il ait été

1 2 3 4 5 6 7 8 9 0

CARACTÈRES D'ÉCRITURE.

VINGT POINTS.

Avant l'invention de l'imprimerie, la plus grande partie des hommes étaient réduits à des traditions presque toujours confuses ou défigurées par des fables. Un petit nombre étaient assez riches pour se procurer des copies, faites avec beaucoup de peine et de temps, des ouvrages que les anciens nous avaient laissés : ces copies elles-mêmes étaient rarement exactes; recueillies seulement par quelques hommes studieux, leur étude n'avait presque aucune influence sur l'état de la société. L'invention de l'imprimerie, c'est-à-dire du moyen de multiplier à l'infini et à peu de frais des exemplaires corrects de ces ouvrages, fut donc pour le monde un de ces grands événements qui créent une ère nouvelle. La lumière allait succéder aux ténèbres, l'instruction à l'ignorance. Il est peu surprenant que, frappés de la grandeur de ses résultats, plusieurs pays se soient disputé la gloire de cette invention : la Hollande prétend la donner à un de ses citoyens, tandis que l'Allemagne la réclame pour un habitant de Strasbourg ou de Mayence. Ce procès est loin d'être jugé, et chacune des parties a conservé ses prétentions; mais ce n'est peut-être que faute de s'entendre. L'art d'imprimer, c'est-à-dire de transporter sur le papier, au moyen de l'encre, des caractères qui se trouvent tracés d'une manière quelconque sur une surface plane, en bois, en cuivre ou en plomb, est tout autre chose que l'art de multiplier

1 2 3 4 5 6 7 8 9 0

CARACTÈRES D'ÉCRITURE.

VINGT-HUIT POINTS.

Avant l'invention de l'imprimerie, la plus grande partie des hommes étaient réduits à des traditions presque toujours confuses ou défigurées par des fables. Un petit nombre étaient assez riches pour se procurer des copies, faites avec beaucoup de peine et de temps, des ouvrages que les anciens nous avaient laissés : ces copies elles-mêmes étaient rarement exactes ; recueillies seulement par quelques hommes studieux, leur étude n'avait presque aucune influence sur l'état de la société. L'invention de l'imprimerie, c'est-à-dire du moyen de multiplier à l'infini et à peu de frais des exemplaires corrects de ces ouvrages, fut donc pour le monde un de ces grands événements qui créent une ère nouvelle. La lumière allait succéder aux ténèbres, l'instruction à

1 2 3 4 5 6 7 8 9 0

TRENTE-SIX POINTS.

Avant l'invention de l'imprimerie, la plus grande partie des hommes étaient réduits à des traditions presque toujours confuses ou défigurées par des fables. Un petit nombre étaient assez riches pour se procurer des copies, faites avec beaucoup de peine et de temps, des ouvrages que les anciens nous avaient laissés : ces copies elles-mêmes étaient rarement exactes; recueillies seulement par quelques hommes studieux, leur étude n'avait presque aucune influence sur

1 2 3 4 5 6 7 8 9 0

QUARANTE-HUIT POINTS.

Alde. Firmin Didot.

CINQUANTE-SIX POINTS.

Marcellin Legrand.

QUATRE-VINGT-QUATRE POINTS.

Sanlecque. Hérou.

CENT DOUZE POINTS.

Cornouailles.

CARACTÈRES D'ÉCRITURE.

GOTHIQUES.

SEIZE POINTS.

Avant l'invention de l'imprimerie, la plus grande partie des hommes étaient réduits à des traditions presque toujours confuses ou défigurées par des fables. Un petit nombre étaient assez riches pour se procurer des copies, faites avec beaucoup de peine et de temps, des ouvrages que les anciens nous avaient laissés: ces copies elles-mêmes étaient rarement exactes; recueillies seulement par quelques hommes studieux, leur étude n'avait presque aucune influence sur l'état de la société. L'invention de l'imprimerie, c'est-à-dire du moyen de multiplier à l'infini et à peu de frais des exemplaires corrects de ces ouvrages, fut donc pour le monde un de ces grands évènements qui créent une ère nouvelle. La lumière allait succéder aux ténèbres, l'instruction à l'ignorance. Il est peu surprenant que, frappés de la grandeur de ses résultats, plusieurs pays se soient disputé la gloire de cette invention : la Hollande prétend la donner à un de ses citoyens, tandis que l'Allemagne la réclame pour un habitant de Strasbourg ou de Mayence. Le procès est loin d'être jugé, et chacune des parties a conservé ses prétentions; mais ce n'est peut-être que faute de s'entendre. L'art d'imprimer, c'est-à-dire de transporter sur le papier, au moyen de l'encre, des caractères qui se trouvent tracés d'une manière quelconque sur une surface plane, en bois, en cuivre ou en plomb, est tout autre chose que l'art de multiplier à l'infini des caractères au moyen de premiers types, d'assembler ces caractères en mots, en lignes, en pages, et, après s'en être servi comme d'une planche solide, de les désassembler afin de les réunir de nouveau pour en former d'autres mots, d'autres lignes et d'autres pages. Ce dernier art est plus spécialement la typographie. Soit qu'en effet le Hollandais Coster ait trouvé de lui-même, au commencement du 15e siècle, le procédé de l'impression, ou qu'il ait été mis sur la voie de cet art par le récit de ce qui s'exécutait de semblable à la Chine, où l'impression de planches de bois gravées en relief a été pratiquée de temps immémorial, il paraît assez certain que les premiers essais dans ce genre nous sont venus de Harlem en Hollande. Mais ce n'était encore qu'un moyen d'une application difficile et sans étendue. Que de lenteur, en effet, et que de frais dans cette obligation de graver une à une chaque lettre en relief sur des morceaux de bois taillés en pages, qui ne pouvaient

1 2 3 4 5 6 7 8 9 0

CARACTÈRES D'ÉCRITURE.

VINGT POINTS.

Avant l'invention de l'imprimerie, la plus grande partie des hommes étaient réduits à des traditions presque toujours confuses ou défigurées par des fables. Un petit nombre étaient assez riches pour se procurer des copies, faites avec beaucoup de peine et de temps, des ouvrages que les anciens nous avaient laissés : ces copies elles-mêmes étaient rarement exactes ; recueillies seulement par quelques hommes studieux, leur étude n'avait presque aucune influence sur l'état de la société. L'invention de l'imprimerie, c'est-à-dire du moyen de multiplier à l'infini et à peu de frais des exemplaires corrects de ces ouvrages, fut donc pour le monde un de ces grands événements qui créent une ère nouvelle. La lumière allait succéder aux ténèbres, l'instruction à l'ignorance. Il est peu surprenant que, frappés de la grandeur de ses résultats, plusieurs pays se soient disputé la gloire de cette invention : la Hollande prétend la donner à un de ses citoyens, tandis que l'Allemagne la réclame pour un habitant de Strasbourg ou de Mayence. Ce procès est loin d'être jugé, et chacune des parties a conservé ses prétentions ; mais ce n'est peut-être que faute de s'entendre. L'art d'imprimer, c'est-à-dire de transporter sur le papier, au moyen de l'encre, des caractères qui se trouvent tracés d'une manière quelconque sur une surface plane, en bois, en cuivre ou en plomb, est tout autre chose que l'art de multiplier à l'infini des caractères au moyen de premiers types, d'assembler ces caractères en mots, en lignes, en pages, et, après s'en être servi comme d'une planche solide, de les désassembler afin de les réunir de nouveau pour en former d'autres mots, d'autres lignes et d'autres pages. Ce dernier art est plus spécialement la typographie. Soit qu'en effet

1 2 3 4 5 6 7 8 9 0

TRENTE-SIX POINTS.

Avant l'invention de l'imprimerie, la plus grande partie des hommes étaient réduits à des traditions presque toujours confuses ou défigurées par des fables. Un petit nombre étaient assez riches pour se procurer des copies, faites avec beaucoup de peine et de temps, des ouvrages que les anciens nous avaient laissés : ces copies elles-mêmes étaient rarement exactes ; recueillies seulement par quelques hommes studieux, leur étude n'avait presque aucune influence sur l'état de la société. L'invention de l'imprimerie, c'est-à-dire du moyen de multiplier à l'infini et à peu de frais des

CINQUANTE-SIX POINTS.

QUATRE-VINGTS POINTS.

SIGNES TYPOGRAPHIQUES

EMPLOYÉS

POUR LA CORRECTION DES ÉPREUVES.

Valeur des Signes.	Texte à corriger.	Signes.
Lettres et Mots à changer	L'invention de l'imprimerie n'est pas aussi moderne qu'on le dit communément. A la Chine, l'impression tabellaire est en usage depuis plus de 1600 ans; les Grecs et les Romains connaissaient les sigles ou types	n/ m/ u/ dit/
Lettres gâtées	mobiles; et les livres d'images, qui parurent au commencement du xv siècle, servirent de modèles aux	u/ t/ s/ pl) cut/ g/ s/ ital/ rom/
Lettres et Mots à mettre en romain ou en italique	essais tentés par Gutenberg, à Mayence, en 1440, sur des	s/
Lettres supérieures	planches de bois fixes. Ces planches étant sujettes à se	s/ s/
Lettres à ajouter	déjeter, cet homme industrieux, aidé de Fust, qu'il s'associa à cet effet, imagina de les clicher en métal;	s/ s/
Lettres et Mots à supprimer	mais il fallait autant de planches qu'il y avait de pages à imprimer; ce moyen lent et pénible, joint à l'impos-de corriger, sibilité leur suggéra l'idée de sculpter les	3/ 3/ 3/ 3/ 3/ 3/ U/ U/
Lettres et Mots à redresser	encore à vaincre une grande difficulté, celle de donner lettres de l'alphabet sur des tiges mobiles. Il leur restait	
Lettres, Mots et Signes à transposer	à ces tiges une parfaite égalité de corps et de hauteur,	
Espacer	capable de les maintenir sous les efforts de la presse;	#/ #/
Rapprocher	ils ne purent y parvenir que par des moyens irréguliers,	⌐ ⌐
Lignes à romaine	lorsque Schœffer trouva celui de les fondre dans des moules ou matrices; et, par cette ingénieuse découver- te, donna enfin la vie à l'art typographique.	
Lignes à réunir	Abandonné aux ébauches tabellaires de Gutenberg,	
Correction d'accents	l'art n'eût probablement pas été au delà; et, sous le	à/ é/ à/
Lignes à sortir et à rentrer	rapport de la mobilité des types, bien connue avant lui, nous ne lui devons presque rien, car elle ne lui	⌐ ⌐
Blanc à diminuer		
Ponctuation à changer — Alinéa	permit de rien exécuter; l'existence de la typographie	/
Lignes à redresser	ne date donc véritablement que de la connaissance de	
Lettres à nettoyer	la matrice-poinçon, puisque c'est par elle seule qu'on	
Lettres et Espaces hautes à abaisser	multiplie à l'infini des types mobiles et parfaitement	T T T
Lettres d'un œil à ... Lettres basses	proportionnés; or le mérite de cette invention est en-	c/ w/ ⊥ X X
Grandes et petites Capitales	tièrement dû à P. Schœffer.	gr/ pet. cap.
Mots oubliés (Bourdon)	identiques qu'on les rend	

www.ingramcontent.com/pod-product-compliance
Lightning Source LLC
LaVergne TN
LVHW020544060726
842525LV00004B/1304